L'ÉTÉ,

POËME.

Par le C.en DEVINEAU,

AUTEUR DU PRINTEMPS.

A PARIS,

Chez {
l'AUTEUR, rue du Four-Honoré, n.º 10.
DENTU, Imprim.-Libraire, Palais-Égalité,
galerie de bois, n.º 240.
PETIT, Libraire, même galerie.

AN VII.

L'ÉTÉ,

POËME.

La nature a soumis les êtres à ses lois ;
L'Eté suit le Printemps, il embellit les bois.
Arrêtons-nous, Philis, sous ces épais feuillages,
Et respirons un peu la fraîcheur des ombrages.
Dieu! que le ciel est pur! L'astre, au haut de son cours,
Depuis deux mois passés ramène les beaux jours.
Si le Printemps, semblable à l'ombre passagère,
A fui pour embellir une terre étrangère,
Souvent d'attraits passés restent de beaux débris,
Et nous allons encor en recueillir le prix.
Une seconde fois la nature propice,
De ses riches trésors nous montre le délice.
De l'orage un moment nous étions menacés,
Et les cieux contre nous paraissaient courroucés.
La chaleur dominait sur le sein de sa mère ;
Le nuage percé, vient d'éclairer la terre :
Laissant de nos sillons le guéret humecté,
L'orage a disparu par les vents emporté ;
Sa fureur à-la-fois funeste et salutaire,
De malignes vapeurs a purgé l'hémisphère.
A ce calme profond qui règne dans les bois,
Le jour semble un moment avoir donné des lois.

Près du sein des vallons, l'agréable Zéphire
Du règne de Cérès nous annonce l'empire ;
Sous un emblême heureux son triomphe porté
Nous fait déja sentir les chaleurs de l'Eté.
L'eau de sa source sort plus limpide et plus claire ;
Et la fécondité vient colorer la terre ;
Les charmes du Printemps avaient donné des fleurs,
L'Eté vient, mûrit tout, charme et sèche nos pleurs.
Mille produits sans nombre, au sein de la nature,
En changeant d'agrémens ont changé de parure.
Dans un lieu pur et frais les ombres tour-à-tour,
Offrent un doux asile à la clarté du jour ;
Où libre de tourmens, le cœur exempt de crimes,
Y peut respirer l'air des chênes sous leurs cîmes.
Là tout être étranger de faiblesse abattu,
Peut rendre un heureux calme à son cœur éperdu.
L'épi que dès long-tems pour notre subsistance
Nous voulions voir enfin combler notre espérance ,
Sur sa tige porté paraît à l'horizon ,
Demandant un appui contre tout aquilon ,
Prier le dieu du jour dans sa prompte carrière,
A sa maturité de voiler sa lumière.
Sur le tapis des champs, à l'ombre des hameaux ,
Où de chênes nombreux les immenses rameaux
Penchant de leurs abris la cîme colorée,
Forment de leur asile une ombre desirée ,
Chaque bétail heureux à nos soins engagé ,
Pour nous si nécessaire, et si peu ménagé,
Broute paisiblement l'agréable verdure ,
Si charmante à nos yeux dans sa fraîche parure ;

Où des germes accrus les bourgeons jaunissants
Vont assouvir dans peu tous besoins renaissants.
La nature à regret pour nous séchant ses veines,
Semble même augmenter nos plaisirs par nos peines,
Et montrer à nos yeux par sa fécondité,
Les germes productifs de la maturité,
L'insecte plus ardent à dévorer la plante,
Se ranime encor plus dans le sein qui l'enfante.
La reine du sommeil dissipe sa noirceur,
Qui prêta quelquefois son image à l'horreur,
Et ne nous paraît plus, dans son simple silence,
Que l'enfant qui soupire au sein de l'innocence.
Si d'un vent du midi le souffle trop brûlant,
Echauffant les bourgeons qu'il sèche en s'exhalant,
Tout-à-coup porte en nous la foudre qui circule,
Et nous fait éprouver l'ardente canicule,
Les vents rafraîchissans de l'empire des mers,
Conduits par les zéphirs qui parcourent les airs,
Reviennent aussitôt sous les épais feuillages,
Leur rendre une fraîcheur ravie à leurs ombrages.
Tout se reperpétue encor dans ces instans.
Les bois sont repeuplés des enfans du Printemps ;
Aimables compagnons de ses tendres messages,
Il les fit avec lui revenir aux bocages.
Ayant sous ses attraits épanché leurs desirs,
Ils ont donné les fruits de leurs tendres plaisirs,
Ont pensé qu'ils seraient un jour et père et mère ;
Et donnant à leurs soins une tendresse chère,
Ont été dans leurs feux les zéphirs du Printemps :
De l'Été maintenant leurs fruits sont les enfans.

Quel plaisir de chanter au cœur sensible et tendre,
Les soins que pour leurs jours leurs mères ont pu prendre !
C'est un nouveau détail à présenter aux yeux,
Digne de plus en plus de l'œil du curieux.
S'il est plus d'un d'entre eux que les fleurs odorantes
Ont attiré plus tard sur leurs tiges naissantes,
Qui du charmant Eté sont les jeunes amis,
Je sens à les chanter mon cœur encor soumis.
La nature est pour eux une si tendre mère,
Que le coloris manque à ma plume légère.
Là de nouveau je vois de l'oiseau soucieux (1),
Pour les prés émaillés les enfans précieux :
Là les tendres petits des malignes fauvettes,
Sur l'herbette et la mousse exerçant leurs fleurettes ;
Par leur mère chacun soigné, nourri, flatté,
Etré les doux jouets des premiers jours d'Eté ;
Qui dans leur jeune essor apprennent à leur âge,
A voler faiblement de bocage en bocage,
A fuir l'adroit affût de l'enfant né lutin,
A chercher leur repas sur l'herbette et le thin ;
Et du soutien pour eux d'une aile salutaire,
A tenter dans les champs un vol plus téméraire,
Pour fuir sans différer du braconnier sans foi,
Le redoutable aspect qui les glace d'effroi.
Plus heureux dans leur sort, si d'un pâtre féroce
L'enfant ne faisait point, mille fois plus atroce,
Plus méchant dans ses jeux qu'innocent dans ses tours,
Un plaisir destructeur d'eux et de leurs amours,
Sans songer bien plutôt, au soin qui le domine,
A punir du moineau la nuisible rapine (2) ;

Lorsqu'il devrait bien mieux quand ces tendres oiseaux
Changent tout leur amour en de petits travaux;
Voir tous les soins pour eux que prend un faible père
Qu'il a souvent privé d'une moitié bien chère,
Qui nourrit, seul, pour lors de petits orphelins,
Qui sans lui périraient à ces coups inhumains,
Dont une main barbare autant que sanguinaire,
Atroce par humeur comme par caractère,
Joignant la frénésie à d'odieux penchans,
Massacre sans pitié la mère ou les enfans,
Au moment qu'elle est vue avec délicatesse,
Soigner si chèrement le fruit de sa tendresse.
Mais à ce doux tableau dont je suis agité,
Je sens que je me suis un peu loin emporté;
Parlant de barbarie en place d'innocence,
Je me suis pénétré d'un peu trop d'apparence.
Eté, pardonne-moi, si chantant ta douceur,
J'ai montré quelque peine en voyant quelque horreur!
Je t'ai trop oublié; mais à l'ame sincère
On pardonne aisément quand la faute est légère!
En imitant du bon la générosité,
J'abandonne le tigre à sa férocité.
Divin Eté, c'est toi dont je chante les charmes!
Le moment du bonheur ne cause point de larmes;
Ton appas qui du jour emprunte les rayons,
Tout ensemble réchauffe et brûle nos sillons.
Si j'ai dit qu'au Printemps tout se revivifie,
Si le jour nous enflamme autant qu'il purifie,
Juge, Eté, de ton feu, lorsqu'un cœur égaré
Se sent par ta chaleur encor plus dévoré!

Ton empire à-la-fois qui ravit et soulage;
A jouir de ton bien sans cesse nous engage.
Pomone t'accompagne ; et c'est à cet instant
Que tout être dans lui sent un feu plus brûlant,
Le feu dardant du jour, qui brûle et qui calcine
Une chaleur en nous où sa flamme domine.
Les vautours dans les airs, dans leur vol égarés,
Sont du feu de la foudre ardemment dévorés.
Et là sont les lions, les tigres, les panthères,
Qui respirent le feu qui brûle leurs artères;
Qui près de leurs moitiés terribles et sanglants,
Font témoins de leurs feux, leurs combats effrayans :
Là, près de leurs fureurs sont d'affreux crocodiles,
Qui courent sur leur proie, où de hideux reptiles
En s'élevant en l'air par d'horribles élans,
Etouffent leur victime entre leurs flancs brûlans.
Là des montres debout à figures humaines,
Accourent des déserts près de rives lointaines.
A ces tableaux sanglans effrayans pour nos yeux,
Mais cependant plus doux en d'agréables lieux
Qui semblent desséchés, mais où pourtant la terre
Se présente à nos yeux en bienfaisante mère ;
Sous ces rayons brûlans qui dardent sur les airs,
Et percent de leurs feux la profondeur des mers ;
Le taureau qui s'anime au milieu des campagnes,
Vient combler les desirs de ses lourdes compagnes,
Ou brûle qu'à l'étable un maître ordonnateur,
Que le pâtre paisible ou le cultivateur
Amène à ses desirs une moitié rebelle,
Pour un fruit profitable au soin qui l'y rappelle ;

Ou s'arrachant au soc s'enfuit vers les ormeaux,
Devient en un moment la terreur des hameaux,
Intimide la terre, et d'un pied redoutable,
A l'ombre des vallons se rendant formidable,
Fait, ou l'écho répond par des gémissemens,
Retentir les forêts de ses mugissemens,
Menaçant à-la-fois par-tout à son passage,
Ce qui peut arrêter son vigoureux courage.
Mais souvent de l'amour cesse enfin la fureur;
Et tout a son excès, excepté la douceur.
La vérité nous plaît quand la raison l'épure.
Tout est enfin soumis aux lois de la nature.
Les petits des poissons, que les rayons du jour
Firent dessous les eaux éclore tour-à-tour,
Moins aguéris naguère en leurs fuites timides,
Redoutant des torrens les forces trop rapides,
Dans leur premier essor formaient à peine entre eux,
De leur corps faible et mince un cortège nombreux;
Sur les bords des ruisseaux, où l'onde était docile,
A leurs faibles soutiens procuraient un asile :
Maintenant plus accrus, paraissant des ingrats
Envers le flanc pour eux qui combla ses ébats,
Ou plus jeunes, craignant sa nageoire intraitable
Qu'une peur eût rendue à la leur redoutable,
Plus alertes, plus forts, le corps plus diligent,
Font sautiller sur l'eau leur petit flanc d'argent,
Montent respirer l'air, nagent à la surface;
Et craignant du brochet l'avidité vorace,
Ont appris, évitant l'approche du nageur,
Sans cesse à redouter la ligne du pêcheur,

Le filet sur la vase et sur l'eau transparente,
Qu'avant ne voyait point leur jeunesse imprudente.
Avec eux le nageur se risquant dans les flots,
Par sa légèreté franchit le sein des eaux ;
Et s'offrant comme au tems que l'humaine nature
Présentait son image en sa simple parure,
Des ondes entouré surmonte les courans,
S'exerce avec efforts à couper les torrens ;
Et dans leur sein plongeant une jeunesse ardente,
Dont l'onde calme enfin la vigueur trop bouillante,
Avec adresse donne aux élans de ses bras
Un plaisir, au besoin, qui sauve du trépas.
D'autres moins aguéris aux eaux d'une fontaine
Dans les lieux ignorés d'une plage lointaine,
Vers le lac de l'amour attiré par ce dieu,
Éloignés des mortels dans un paisible lieu,
Livrent innocemment leurs traces fugitives
Au limpide séjour de naïades plaintives,
Où la sensible écho sur le sort des amans,
Aux voûtes des forêts répond par ses accens.
Hélas ! c'est en ce tems, infortuné Léandre (3),
Que comme un autre Achille aux rives du Scamandre,
Avec autant de cœur et non moins amoureux,
Près des champs d'Abydos tu devins malheureux ;
Qu'en nageant dans les eaux, vers ta fidelle amie,
Tu perdis dans leur sein ton amour et la vie !
Et que son désespoir fut égal à ton sort !
Un printemps éternel fut témoin de ta mort !
Du sort ce fut l'arrêt. La terre fut en larmes,
Et Cérès un moment en perdit tous ses charmes ;

Mais des champs d'Abydos Pomone avec l'Amour,
Ont dès long-tems pour nous oublié le séjour.
Si les bois, au Printemps, des agrémens de Flore
Ont paru s'embellir à la naissante aurore ;
Si les vallons, les prés de leurs fleurs enrichis
Ont montré tout comme eux leurs brillans coloris ;
Si désormais privés de leurs grâces premières,
Ils ont perdu l'éclat de leurs fleurs printannières,
Aux chaleurs que l'Eté vient nous faire sentir,
De charmes aussi doux un dieu vient nous ravir :
Ainsi que l'émeraude et son aimable éclat,
L'étincelant rubis et le feu du grenat,
L'escarboucle brillant, le saphir, la topase
Etalent des couleurs qui ravissent d'extase ;
De même que le jour par ses feux attractifs
Resserre de leur sein les filtres réactifs,
Et donne à l'amétiste une vive apparence,
Au cristal le plus pur sa belle transparence,
Par l'eau qui se marie au trait le plus brillant,
Ses plus vives couleurs au feu du diamant,
Et laissant son trésor dans la vase endurcie,
Montre en lui richement la nature amortie ;
De même à nos regards un pouvoir bienfaisant
Vient encor nous charmer d'un don satisfaisant ;
D'autres attraits sont joints aux charmes des ombrages,
Et nous montrent leurs fruits que cachent leurs feuillages ;
Et Pomone aux vergers, dans le fond des vallons,
Se pare en souriant de ses précieux dons.
La suave framboise, et la fraise odorante,
Croissent près du cassis, de la pêche engageante ;

L'amandier jeune et doux, de son fruit velouté
Donne sous son feuillage un abri souhaité.
Le groseiller plus verd, et ses perles rougies,
Que sur son faible pied la chaleur a mûries,
Le prunier tout couvert de ses fruits diaprés,
Montrent diversement leurs traits plus colorés,
Qui toujours embellis d'une même verdure
Dont leur premier éclat étalait la parure;
Attachent nos desirs à leurs fruits renaissans,
Agréables pour nous autant que ravissans.
Le jeune cerisier, par sa sève propice,
Qui sous son ombre attire une main qui se glisse,
Sent son fruit de rubis qui charge ses rameaux
Mûrir pour l'hahitant des bois et des hameaux.
Le tendre abricotier, dont la cîme arrondie
Etait au doux Printemps de ses fleurs enrichie,
Offre au léger zéphir de l'oiseau souhaité,
Son fruit à couleur d'or d'incarnat marqueté.
Leurs poulpes à chacun de fibres enlacées,
Ayant pris de leurs fleurs les couleurs nuancées,
Par leurs attraits rians de rose et d'incarnat,
Attirent à-la-fois le goût et l'odorat.
  En différant de biens, mais en sève fertile,
Qui ne cesse à nos yeux de devenir utile,
Nécessaires pour nous, mais enfin moins flatteurs,
Vu nos sens délicats pour leurs simples odeurs,
Dans le fond des forêts, le peuplier, le chêne,
L'agréable tilleul, et le hêtre et le frêne,
L'arbuste sauvageon, l'ormeau, le merisier,
Et le saule, et le plane et le jeune alisier,

De leurs fleurs au Printemps, à l'aide de l'aurore,
Descendaient leurs odeurs sur les présens de Flore;
Présentement chargés de leurs modiques fruits,
Ils n'ont pas moins pour nous d'agrémens et de prix.
Là, sous leur abri verd, des simples odorantes,
Montrant à nos desirs leurs tiges bienfaisantes,
Font autant de tapis plus ou moins ombragés,
Où nos sens sont par eux tendrement engagés.
La jeune scabieuse, et la sauge et la mauve,
La saine marjolaine, et la douce guimauve,
Avec leur vive odeur, le tamarin, le thin,
La chaude camomille, et mille autres enfin,
Par l'ombrage abrités étalant leur verdure,
Ajoutent leur odeur à leur simple parure;
Et de l'observateur chacun examiné,
Recherché, découvert, du savant étonné,
Excitent dans leur sein sur leur tige mobile
Le regard bienfaisant du botaniste habile.
C'est près de ce séjour que l'aimable Pomone
Nous a déja comblé des faveurs qu'elle donne,
Qu'avec elle Cérès, à son abord riant,
Nous montre de ses dons le coloris brillant,
Et du premier bienfait de ses bontés nouvelles,
Nous accorde un moment les faveurs partielles.
Là, non loin d'un rivage en des champs par degrés,
Le soleil a muri le vaste champ des prés;
Et là le laboureur avec sa faulx tranchante,
Pour ses troupeaux recueille une coupe abondante:
A ce premier labeur digne de son travail,
La terre en un moment a perdu son émail,

L'éclat de sa parure au loin telle à la vue.
Mais pour nous en est-elle un moment dépourvue?
Et l'herbe mûre enfin, le treffle et les sainfoins
Ont-ils du laboureur satisfait les besoins?
Pour ses troupeaux paissant près des faibles arbustes,
Sont-ils tous en monceaux mis par des bras robustes?
Un favorable instant secondant tout espoir,
Les rend-ils premiers fruits de tout immense avoir?
Et privés par la faulx de leurs couleurs premières,
Leurs parfums desséchés comblent-ils les chaumières?
Qu'une seconde fois par un nouveau produit
Tout crée et tout enfante, et rien ne se détruit;
Revient, revit, paraît, et repousse et pullule;
C'est le feu sous la terre encore qui circule;
C'est la nature enfin qui, dans ses traits flatteurs,
Au tapis varié de ses vertes couleurs,
Privée en ce lieu seul de sa première image,
Reprend en peu de tems l'attrait qui nous engage;
Offre des rejetons de son sein renaissans,
Redonne au laboureur des regains abondans:
Par un nouvel effort en elle salutaire,
S'échauffe, se ranime, agit, se régénère,
Ellabore sans cesse en ses veines conçus,
Les grains que dès long-tems ses veines ont reçus;
C'est là que chaque jour aux rayons de l'aurore,
Leur tête en folâtrant se mûrit, se colore;
Tous presqu'en même-tems sur leurs pieds raffermis,
Montrent qu'ils vont bientôt en être désunis;
Et sur leurs brins plus durs, leurs tiges moins nouvelles,
Formant un léger bruit y badinent entre elles.

C'est l'instant du travail qu'annoncent les zéphirs,
C'est un Dieu qui commande aux champêtres plaisirs.
L'astre est plus dévorant ; c'est à ce moment même
Où sa chaleur nous semble insupportable, extrême,
Que l'aimable Cérès annonce les moissons,
Et jette à pleines mains les restes de ses dons ;
Qu'ayant paru vouloir abandonner la terre,
Sa présence pour lors nous devient bien plus chère :
Sur les traits renaissans de ses nouveaux tapis,
L'astre alors reparaît enrichis de rubis,
Procure plus de force au roseau qui chancelle,
Et donne au faible arbuste une vigueur nouvelle.
Entre la terre et lui, reserrant le lien,
Le laboureur commence à jouir de son bien.
Là, ces filles du ciel, que nous nommons Abeilles,
Nous donnent le trésor que procurent leurs veilles ;
Que l'heureux habitant des paisibles hameaux,
Qui redoute le crime aussi bien que ses maux,
Par un travail utile, autant que salutaire,
Abrite de son chaume et rend si nécessaire ;
Où, la cloche à la main, en nouvel Aristée,
Rappelant de leur foule une troupe écartée,
De sa voix et de sons qu'il répète sans fin,
D'une jeunesse folle il recueille l'essain :
Et de ce nouveau bien que l'Eté lui confie,
Donne l'heureux présent à son ame ravie.
  Mais, à ce doux moment de la profusion,
Quel fléau vient troubler la reproduction ?
De la terre l'Eté brûle à l'instant les veines,
Le pâtre craint le sort de ses salubres graines,

Le jour s'est obscurci, l'air devient moins serein ;
Le ciel s'armant d'un crêpe et d'un masque d'airain ,
En tourbillons de soufre et de flamme brûlante,
Fait tomber à l'instant une fournaise ardente.
Et la foudre et la grêle , et le feu des éclairs,
Avec les élémens , se frappant dans les airs,
Roulent par-tout au loin leur tonnerre en furie ;
Et près de l'heureux sein d'une aimable prairie ,
Le terrible ouragan saccage les ormeaux,
Et par-tout se fait jour à travers les hameaux.
Mais le mal cesse enfin dans sa rage inouie ;
Il est terme à tout comme aux maux de la vie :
De l'heureuse Cérès l'empire reparaît ,
Une douce chaleur incontinent renaît :
Cependant, effrayé des coups de la lumière ,
Le pâtre tout tremblant a fui vers sa chaumière.
D'un antre qui s'entr'ouvre, un vent encor douteux
Arrive de nouveau, qui chagrine ses vœux ;
Et des lieux redoutés, où règne le tonnerre ,
Le dieu du jour paraît éclater de colère ;
Qui d'un vent furieux qu'il entraîne à ses pas ,
A quelque hôte des bois annonçant le trépas ,
Sous ses rayons voilés d'une vapeur obscure ,
D'un crêpe lumineux effraye la nature.
Mais cette fois enfin la crainte a disparu ,
Aux traces de Cérès le calme est revenu ;
En place d'un enfant du terrible Borée ,
Qui montrait à nos yeux sa présence abhorrée ,
D'un autan furieux, d'un brûlant tourbillon ,
Et d'un feu se roulant dans le fond d'un vallon ;

C'est un tendre zéphir, c'est un vent alizée,
Qui répand sur la terre une douce rosée;
C'est Neptune accouru, qui, d'un coup de trident,
Du dieu du jour tempère un regard trop ardent.
L'asile des forêts produit un doux murmure,
Leurs cîmes ont repris une fraîche verdure :
A nos regards joyeux le jour s'est rendu clair,
Eole s'est enfui dans ses antres de fer;
La feuille du tilleul, de la plante odorante,
Du hêtre, du rameau, devient plus transparente;
Et l'humide élément, à leur cîme attaché,
Rend la force à l'ormeau vers la terre penché;
Le pâtre, sous l'abri de son humble chaumière,
Revoit paisiblement le dieu de la lumière,
Et la brillante aurore arroser de ses pleurs
Le doux Eté qui dort entouré de ses fleurs.
A ces traits ranimés d'une douce abondance,
L'habitant des hameaux recouvre l'espérance.
Les ombres des forêts reprennent leur fraîcheur,
L'herbe, son doux duvet, les simples, leur couleur;
Neptune de la terre a rafraîchi les veines,
Le pâtre reconduit ses troupeaux dans les plaines;
L'agneau près de sa mère, au pampre qui renaît,
Qui fait ingénument un larcin indiscret,
Où le jeune cabri, l'indolente génisse,
Qui broutent l'herbe mûre à leurs desirs propice,
Donnent, en se jouant à leur goût enfantin,
La feuille verte encore, et la mousse et le thin;
Et de frivoles bonds, sur la simple odorante,
Engagent le zéphir à leur vue innocente.

Mais, quel heureux moment ! le tems arrive enfin
Où l'abondance s'offre aux regards du destin.
De Cérès, cette fois, c'est la marche assurée,
Par le pâtre en ses champs si long-tems désirée:
En un moment la terre en jaunissant ses flancs,
En or pur a changé la surface des champs.
Hélas ! il est un bien, l'homme doit le connaître.
L'agréable a charmé, l'utile vient paraître.
Laboureur, c'est ici que je j'admire ton sort !
La terre de ton champ ne fait qu'un tapis d'or ;
Sous un simple réduit, où l'ame plus égale,
Tu te vois à l'abri de la fraude vénale,
Où d'odieux moyens ne souillent point ton cœur
De la noire âpreté, d'un vice corrupteur ;
Tout répond à tes vœux, voilà ta récompense ;
Le bonheur est toujours où règne l'innocence !
Songeant au vrai bonheur, et songeant à ton sort,
Ignorant les forfaits, les fureurs du plus fort,
Aisance de la vie, et facilité d'être,
Biens modiques, sans faste, et plaisir doux, champêtre,
Sans intrigue du monde, honnête aménité,
Sans astuce trompeuse, innocente équité,
Voilà tous les trésors qui par-tout t'environnent !
Mais, aux villes, ces biens souvent nous abandonnent.
Là, de ton fort bétail, les produits abondans
Te font, par leur nature, en trois goûts différens,
Ensemble ou séparés, d'après leur assemblage,
Tantôt un aliment, tantôt un doux breuvage !
Oui, c'est près des hameaux, que l'homme avec honneur,
Devrait mieux voir pour lui quel est le vrai bonheur,

Evaluer combien notre sort est terrible,
Où les biens de la terre ont leur pente pénible ;
Sentir qu'étant en lui plus juste et moins affreux,
Son être en son destin serait bien plus heureux ;
Qu'alors appréciant ce que vaut son semblable,
Il saurait distinguer l'innocent du coupable,
L'ardent ambitieux, le fin spéculateur,
Pesant au poids de l'or l'art du cultivateur.
Mais de quoi m'occupé-je, où l'homme seul se blesse ?
C'est toi, cultivateur, ici qui m'intéresse !
Le jour s'offre plus pur, et le ciel est plus clair,
Le peuple des hameaux accourt, observe l'air,
La nuit et les momens, et le tems qui s'envole ;
Un dieu paraît soudain, qui soudain le console !
Qu'il va bien recueillir le fruit de ses travaux,
Qui pourront lui donner dans peu quelque repos.
Chaque habitant sorti, n'est plus qu'une famille,
Qui tient entre ses mains la tranchante faucille ;
Cérès est sur son char, et de grains abondans
Sont déja dans ses mains les signes consolans.
L'épi penché sur lui, que le zéphir dirige,
De son unique poids se courbe sur sa tige.
Incontinent agit le fer du moissonneur,
Qui recoupe avec soin le bien du laboureur.
De tout hameau prochain tout habitant déserte ;
Que de bras dont la terre est à l'instant couverte !
Tous pressent, sous leurs pas, les sillons, les guérets,
Recueillant à l'envi les trésors de Cérès,
Et font autant d'amas en places séparées,
Dont leurs traces par eux soudain sont entourées.

L'Eté paisiblement souffre, au sein du repos,
Que le tranchant du fer seconde leurs travaux;
Mais d'un rayon du jour la flamme est élancée,
Le pâtre de fatigue alors l'ame harassée,
Sous un chêne chargé de rameaux encor verts,
Livre au repos ses sens de sueur tous couverts,
Ou le jus de Bacchus, ou le simple breuvage
Que la nature donne au pénible courage,
Désaltère son cœur de ce faible moyen,
Et d'un repas frugal lui fournit le soutien.
Le pauvre plus heureux, à qui la terre donne
Ce que le laboureur pour lui seul abandonne,
Montre les pas en lui du malheureux glaneur,
Le travail aussitôt a repris sa vigueur,
Les gerbes aux hameaux soudain sont apportées,
Les bontés de Cérès aux cieux sont exaltées;
Tous prêts sont les fléaux; et soudain mille bras,
Accablés de sueur, font alors sous leurs pas,
Sortir en redoublant, et de peine et de force,
A sa tige attaché le grain dans son écorce.
Cérès par-tout préside aux hameaux, dans les champs,
Et sur son char couvert par les aîles du tems,
Contente de ses dons, elle fait voir encore
Le dieu du jour fuyant, qui va prier l'Aurore
De forcer ses coursiers, rafraîchis dans les flots,
A devancer Vénus sur le séjour des eaux.
Le berger de retour célèbre son empire,
Morphée a disparu sur l'aîle d'un zéphire,
Tout attribut divin, compagnon de l'Eté,
De l'habitant des bois est à jamais chanté.

Tout volatile alors trouve aisément sa proie,
Les coteaux d'alentour retentissent de joie.
Dieu ! quel moment heureux pour un cœur accablé !
Que de pénibles maux dont il est consolé !
Soulagé de leur poids par quelque bon génie,
Retrouve un air propice aux chagrins de la vie,
Et n'appréhende point qu'une humide fraîcheur
Donne à ses sens lassés le poids de la douleur,
Et sur la terre encor d'un duvet embellie,
Accorde le repos à son ame affaiblie !
Où l'homme plus heureux, encor dans son malheur,
Pourrait, dans son destin, mieux juger son bonheur,
Voir de la vie en lui quel est le court passage
Qui ne revient jamais quand finit son image ;
Et dans l'étrange ensemble et du mal et du bien
Dont un contraste affreux est de tout le soutien,
Tout enchanté d'ailleurs d'un charme qui l'étonne,
Jouirait mieux des biens que la terre lui donne.
A ce dernier bonheur, bienfaisante Cérès,
Et toi Pomone aussi, près des vastes forêts,
Comme Cérès tu viens d'embellir ton image,
L'attribut d'Amalthée en a montré le gage.
Du bruit que sous la terre il n'est rien d'amorti,
Ainsi que les hameaux les champs ont retenti.
Mais puisqu'enfin le sort, par une cause extrême,
Nous fait tout à-la-fois plus et moins que nous même,
Et qu'il paraît encor par un trait rigoureux,
Qu'un être en nous créant n'a pas pu faire mieux
Qu'en nous faisant jouir d'un bien si salutaire,
Il le rend à nos sens simplement nécessaire,

Et que du tems qui fuit le terrible décret
Nous montre de ses lois l'irrévocable arrêt,
Douces divinités , qui dans des tems d'ivresse,
Par bontés , par amour, par charmes, par tendresse,
Pour de justes penchans obtinrent des autels ,
Qu'en ces tems plus heureux chantèrent des mortels,
Vous fîtes le bonheur, dans ces momens prospères ,
De la vertu, du bon , de peines étrangères
Vous punîtes par-tout des monstres abhorrés ,
Et l'équité marcha sur vos pas adorés.
Que le silence pur de vos divins ombrages ,
Que sans cesse avec eux le doux bruit des feuillages ,
Que Flore, le Printemps secondé des échos,
Et que les dieux des bois, au sein d'un doux repos,
Montrent en lettres d'or sur l'albâtre et l'opale ,
Vos heureux noms gravés en pompe triomphale;
Que l'aîle d'un zéphir, sur un rayon du jour,
Ramenant avec vous le Printemps et l'amour,
Cimente à nos regards votre agréable empire!
Que vos noms soient unis au poli du porphire;
Qu'enrichis, entourés du plus brillant éclat,
Les traits de l'amétiste y soient joints au grenat;
Et que de l'émeraude, et la jaune topase,
De tout ce qu'en son sein la terre a pour extase,
Du feu du diamant, de l'éclat du rubis,
Demeurant à jamais par nos mains embellis,
Plus de bonheur enfin revienne sur la terre,
Et que jadis ses traits dont l'image était chère,
Joignent les jeux, les ris à tout simple festin,
Rendent le sort de l'homme heureux dans son destin.

Dans l'espace où le temps se plonge, où fuit l'envie,
Donnent ce doux espoir à la terre ravie,
Et du flambeau du jour empruntant les rayons,
Conservent à jamais le sang des Nations.

NOTES.

(1) Le lecteur doit avoir vu dans les remarques du poëme de mon Printemps, qu'il y a trois espèces d'oiseaux qui existent sur la terre, qui sont les insectivores, les granivores et les carnivores. L'oiseau dont je parle ici est le vitra, espèce d'oiseau qui nous est singulièrement nécessaire aussi bien que l'alouette.

(2) On sait que le moineau-franc est très-dangereux pour toutes graines.

(3) Jeune homme de la ville d'Abydos, qui en tra̶̶̶̶̶̶ l'Hellespont à la nage pour voir Hé̶̶̶̶̶̶̶̶̶̶̶̶nit par se noyer. Héro se jeta de désespoir ̶̶̶̶̶̶̶er. (Voyez le dictionnaire de la Fable.)

De l'Imprimerie de DENTU, rue Honoré, vis-à-vis l'Église Saint-Roch, n.° 94.